獻給喜歡擁抱的你

© 最好的擁抱
——團結的狐獴家族

文　　圖	劉小屁
責任編輯	朱永捷
美術設計	黃顯喬

發 行 人	劉振強
著作財產權人	三民書局股份有限公司
發 行 所	三民書局股份有限公司
	地址　臺北市復興北路386號
	電話　(02)25006600
	郵撥帳號　0009998-5
門 市 部	(復北店)臺北市復興北路386號
	(重南店)臺北市重慶南路一段61號

出版日期	初版一刷　2019年1月
編　　號	S 317631

行政院新聞局登記證局版臺業字第○二○○號

有著作權·不准侵害

ISBN　978-957-14-6561-6　(精裝)

http://www.sanmin.com.tw　三民網路書店

最好的擁抱

團結的狐獴家族

劉小屁／文圖

三民書局

在美麗的非洲沙漠，

有一個可愛的狐獴家族，

小萌是家族裡面特別屬害的小狐獴。

為ㄨㄟˋ什ㄕㄣˊ麼ㄇㄜ˙說ㄕㄨㄛ小ㄒㄧㄠˇ萌ㄇㄥˊ特ㄊㄜˋ別ㄅㄧㄝˊ屬ㄌㄧˋ害ㄏㄞˋ呢ㄋㄜ˙？

因ㄧㄣ為ㄨㄟˋ在ㄗㄞˋ老ㄌㄠˇ師ㄕ教ㄐㄧㄠ大ㄉㄚˋ家ㄐㄧㄚ認ㄖㄣˋ識ㄕˋ怎ㄗㄣˇ麼ㄇㄜ˙吃ㄔ蠍ㄒㄧㄝ子ㄗˇ的ㄉㄜ˙時ㄕˊ候ㄏㄡˋ，

最好的擁抱

抱抱

小萌已經可以優雅的處理好蠍子身上的刺，
慢慢享用美味大餐。

當ㄉㄤ大ㄉㄚ家ㄐㄧㄚ還ㄏㄞˊ在ㄗㄞˋ學ㄒㄩㄝˊ習ㄒㄧˊ怎ㄗㄣˇ麼ㄇㄜ用ㄩㄥˋ尖ㄐㄧㄢ尖ㄐㄧㄢ的ㄉㄜ爪ㄓㄨㄚˇ子ㄗ挖ㄨㄚ土ㄊㄨˇ，
把ㄅㄚˇ自ㄗˋ己ㄐㄧˇ塞ㄙㄞ進ㄐㄧㄣˋ洞ㄉㄨㄥˋ裡ㄌㄧˇ的ㄉㄜ時ㄕˊ候ㄏㄡˋ，

小萌早就挖了好幾個藏身洞穴，
舒舒服服的在裡面休息了呢！

就連把大家搞得手忙腳亂的抓蛇大挑戰，
小萌也能一個人完成考驗。

可是什麼都很厲害的小萌，
心裡卻有一點小煩惱。

小萌發現自己常常一個人就做完大家應該合作的事，也很久沒和伙伴們一起練習。

所以當大家努力完成任務、
開心抱抱的時候，
自然也就沒有想起小萌。

這一天，

老師帶著小狐獴們外出練習站衛兵，

當大家還呆呆的站在原地東張西望時，

只有小萌發現了遠方的老鷹，
「大家快逃啊！」小萌大喊。

小萌和老師合力幫助
其他的小狐獴們躲回
地洞，沒想到……

「這下完蛋了！」
小萌心裡想著：
「還好大家都得救了。」

一看到小萌有危險，
所有的小狐獴都奮不顧身，
一隻一隻從洞裡跳出來，
緊緊抓住小萌。

大家**用力**呀呵!!!!

老ㄌㄠˇ鷹ㄧㄥ哪ㄋㄚˇ裡ㄌㄧˇ拖ㄊㄨㄛ得ㄉㄜˊ動ㄉㄨㄥˋ這ㄓㄜˋ麼ㄇㄜ大ㄉㄚˋ一ㄧˋ群ㄑㄩㄣˊ狐ㄏㄨˊ獴ㄇㄥ，
只ㄓˇ好ㄏㄠˇ放ㄈㄤˋ開ㄎㄞ爪ㄓㄨㄚˇ子ㄗ，
氣ㄑㄧˋ呼ㄏㄨ呼ㄏㄨ的ㄉㄜ飛ㄈㄟ走ㄗㄡˇ了ㄌㄜ。

小ㄒㄧㄠˇ狐ㄏㄨˊ獴ㄇㄥ們ㄇㄣ跌ㄉㄧㄝˊ成ㄔㄥˊ一ㄧˋ團ㄊㄨㄢˊ，
卻ㄑㄩㄝˋ開ㄎㄞ心ㄒㄧㄣ的ㄉㄜ大ㄉㄚˋ笑ㄒㄧㄠˋ起ㄑㄧˇ來ㄌㄞˊ！

「大家的擁抱好溫暖呀！」

小萌心裡鬆鬆軟軟的，

剛剛遇到的危險和緊張一下子都不見了。

原來，這就是抱抱的魔力！

知識補給站
團結的狐獴家族

在廣大的沙漠中，存在著各種大型的肉食性動物，這對於體型較小的動物來說，是非常大的威脅；然而，狐獴家族靠著團結的力量對抗這一切。

狐獴是生長在南非喀拉哈里沙漠的小型哺乳動物，體型修長，身高約 25 至 30 公分，眼睛周圍的黑色色塊就像是戴著太陽眼鏡，讓牠們就算在沙漠的太陽底下也能看得清楚。狐獴的尾巴細長，約 17 至 25 公分，末端的毛色為黑色，在站立時會用尾巴來支撐身體、保持平衡。狐獴的體內有著厲害的抗毒機制，所以除了吃沙漠中的昆蟲外，也喜歡吃有毒的蠍子與蛇。

狐獴是具有社會行為的族群。牠們會在地底挖一個大型的網狀洞穴，白天在外活動，晚上則在安全的洞穴中休息；此外，洞穴外隨時有負責站哨的狐獴，一旦發現敵人，就會出聲示警好讓其他狐獴能趕緊躲回洞穴中，如果有敵人產生威脅時，其他的狐獴會群聚在一起讓敵人以為是巨大的動物，成功趕跑敵人。

狐獴家族中，成年的狐獴會非常細心照顧幼小的狐獴。像是在教導小狐獴如何捕食毒蠍時，成年的狐獴最初會先給牠已經死掉並處理好的毒蠍，再來會給拔除毒刺的活蠍子，最後才會讓小狐獴正式到外頭捕食。當小狐獴開始學習站哨時，成年的狐獴也一定會待在旁邊，隨時保護牠們。

狐獴家族的感情聯繫非常深厚，每天起床或是睡前一定會團聚在一起，互相理毛、挑蟲、抓癢，牠們也會像人類一樣，互相擁抱，加深家族成員間的情感。

作者簡介

劉小屁

本名劉靜玟，臺北市立師範學院畢業。

離開學校後一直在創作的路上做著各式各樣有趣的事。

接插畫案子、寫報紙專欄，作品散見於報章與出版社。

在各大百貨公司與工作室教手作和兒童美術。

2010 第一本手作書《可愛無敵襪娃日記》出版。

2014 出版了自己的 ZINE《Juggling from A to Z》。

開過幾次個展，持續不斷的在創作上努力，兩大一小加一貓的日子過得幸福充實。

給讀者的話

《最好的擁抱》是一本結合了科普知識和品格教育的繪本。故事中的主人翁「小萌」，是一隻特別厲害的小狐獴，優秀的他常常獨自完成挑戰，卻無意間失去了和伙伴們合作的機會。

在一件突發的危險狀況中，小萌的機靈、勇敢換來家族的安全，而狐獴家族也團結的解除了危機。

為本繪本蒐集資料的過程中發現，狐獴是很特別的小動物。牠們嬌小迷你卻敢張口吃下蠍子和蛇。享受為家族付出，也大方接受充滿愛的抱抱。

一個人獨力完成任務很好，但是和大家一起努力，成功的果實或許會加倍甜美喔！就算遇到了挫折或失敗，有伙伴能互相扶持、鼓勵，似乎也就不那麼難過了。

一個擁抱可以化解緊張、失望的心情，可以傳遞溫暖、支持的力量。你有多久沒有抱抱了呢？小萌得到了最喜歡的大抱抱，也給你身邊的伙伴和家人一個「最好的擁抱」吧！

抱抱。